Cuento de Luz publica historias que dejan entrar luz, para rescatar al niño interior, el que todos llevamos dentro. Historias para que se detenga el tiempo y se viva el momento presente. Historias para navegar con la imaginación y contribuir a cuidar nuestro planeta, a respetar las diferencias, eliminar fronteras y promover la paz. Historias que no adormecen, sino que despiertan...

Cuento de Luz es respetuoso con el medioambiente, incorporando principios de sostenibilidad mediante la ecoedición, como forma innovadora de gestionar sus publicaciones y de contribuir a la protección y cuidado de la naturaleza

La Gallina Cocorina

Calle Claveles 10
Urb. Monteclaro
Pozuelo de Alarcon
28223 Madrid, Spain

www.cuentodeluz.com

2ª edición
ISBN: 978-84-937814-6-0
Depósito legal: M-47434-2010

Impreso en España por Graficas AGA SL
Printed by Graficas AGA in Madrid, Spain,
November 2010, print number 65691

A mi pequeña Sira, que no sabe de defectos, sino de afectos.
M.Pavón

A mamá, porque aunque ya soy una mujer, adoro descansar bajo su plumón.
M. Carretero

MAR PAVÓN

LA GALLINA COCORINA

ILUSTRACIONES MÓNICA CARRETERO

La gallina Cocorina
puso huevos del revés
y salieron los pollitos
dando tumbos y traspiés.

Uno dijo: –¡Veo estrellas!
Otro se enfadó un montón:
–¡Me he caído del huevito
y me he dado un coscorrón!
Otro más, el más chiquito,
¡giraba sin ton ni son!

La gallina Cocorina
les pidió a todos perdón:
—¡Disculpad tanta torpeza,
hijitos del corazón!
Con un abrazo del ala
os consuela mi plumón.

En esto, empezó a correr
un rumor por el corral:

–¡La gallina Cocorina
trata a sus hijos fatal!

La gallina Cocorina
cacareó un cancionero,
¿y sabéis lo que pasó?
¡Pues que cayó un aguacero!

Los pollitos, pobrecillos,
suplicaban con razón:
—¡Mami, mami, cierra el pico,
que nos moja el chaparrón!

La gallina Cocorina
les pidió a todos perdón:
—¡Disculpad mi mala suerte,
hijitos del corazón!
Con un abrazo del ala
os consuela mi plumón.

Aquel rumor, mientras tanto,
se extendió a la capital:

–¡La

lina Cocorina trata a sus hijos fataal!

Cocorina, con sus hijos,
al escondite jugaba,
pero se olvidó del juego
¡y se lució, la muy pava!

Los pollitos estuvieron
escondidos tanto rato,
¡que terminaron durmiendo
siesta de campeonato!

¡Menos mal que la gallina
al final hizo memoria
y concluyó felizmente
esta preocupante historia...!

Los pollitos, ya despiertos,
y casi al borde del llanto,
regañaron a su madre:
–¡No debiste tardar tanto!

La gallina Cocorina
les pidió a todos perdón:
–¡Disculpad por el despiste,
hijitos del corazón!
Con un abrazo del ala
os consuela mi plumón.

Mientras, nuestro rumor iba
de gira internacional:

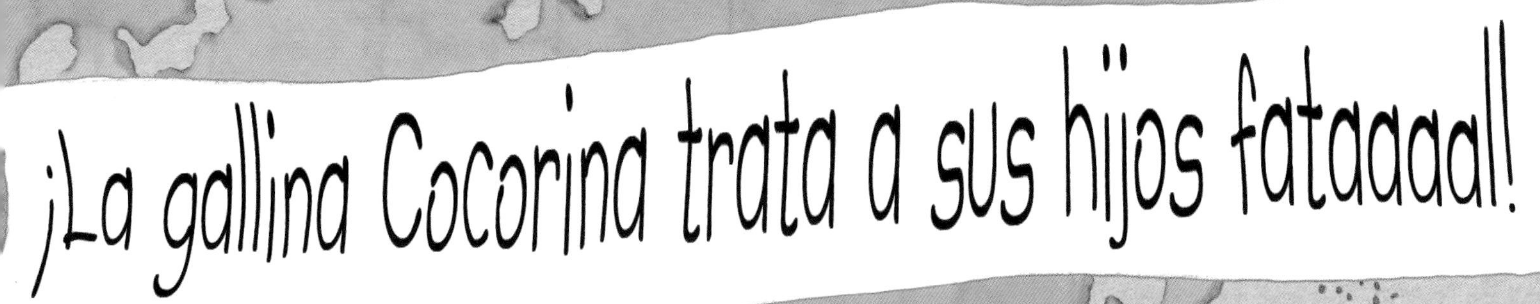
¡La gallina Cocorina trata a sus hijos fataaaal!

Torpe, gafe y despistada,
Cocorina se sintió
tal desastre de gallina
que tomó una decisión:
–Hijos míos, cuánto lo siento,
pero os doy en adopción,
¡pues hasta el pájaro bobo
os criaría mejor que yo!

Los pollitos, angustiados
y a puntito de llorar,
protestaron en el acto:
–¡No, no y no! ¡De eso, ni hablar!

Te queremos como eres:
todita calamidad...
¡pero la única que sabe
consolarnos de verdad
con un abrazo del ala
y su plumón sin igual!

¡Mami, no nos abandones,
sigue siendo tú, tal cual,
que nosotros te queremos
para bien y para mal!

La gallina, emocionada,
se quedó sin cacareo,
¡pero, en cambio, sus besitos
armaron un buen jaleo!

El rumor llegó, entre tanto,
al espacio sideral:

¡La gallina Cocorina trata a sus hijos fataaa

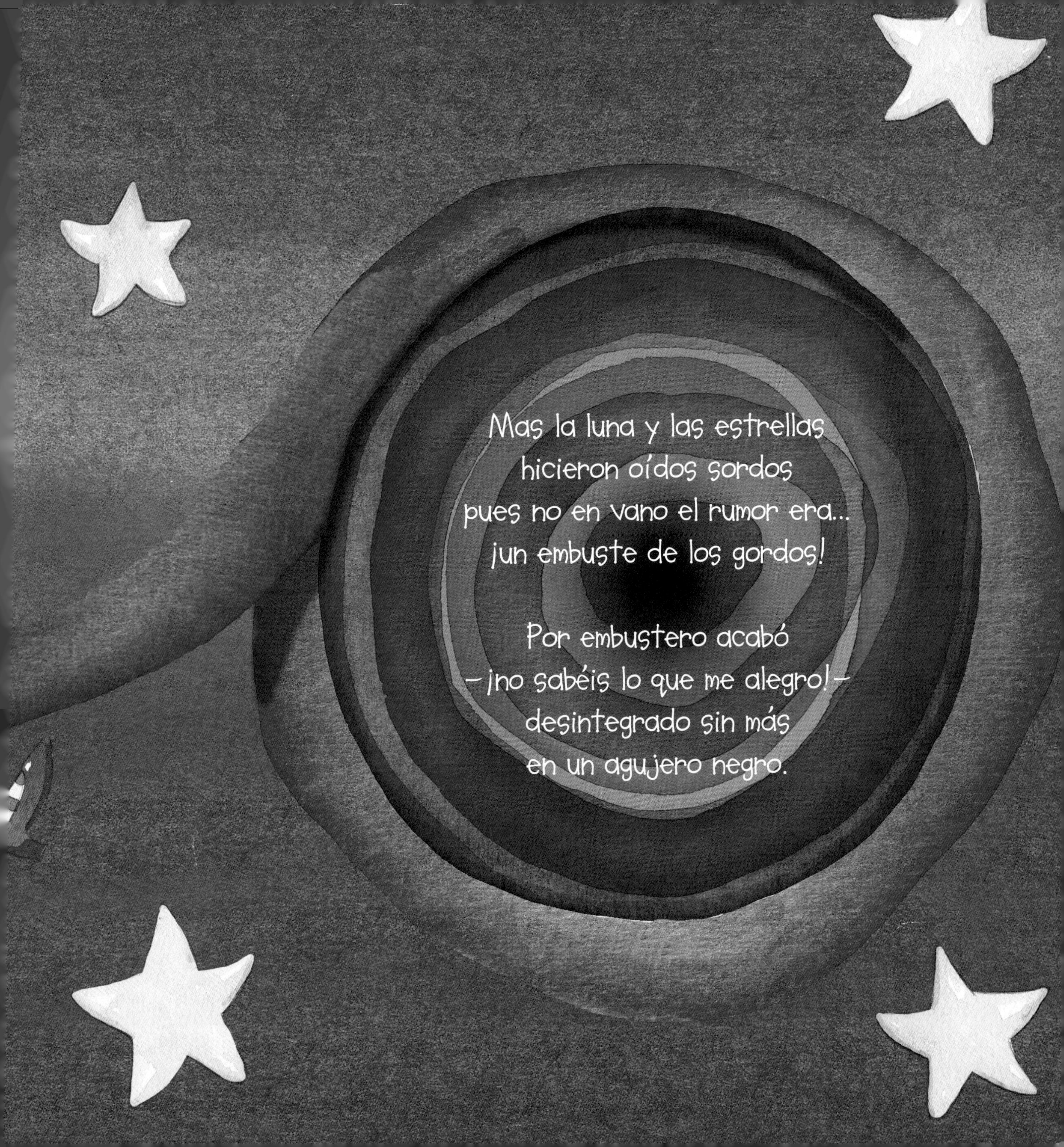

Mas la luna y las estrellas
hicieron oídos sordos
pues no en vano el rumor era...
¡un embuste de los gordos!

Por embustero acabó
–¡no sabéis lo que me alegro!–
desintegrado sin más
en un agujero negro.